给孩子的中国记忆

本册编著：刘　颖
美术顾问：徐开云
本册插画：麻三斤

亲近母语 中国老故事

民间故事（三）

亲近母语研究院 编著

广西师范大学出版社
·桂林·

图书在版编目（CIP）数据

中国老故事．民间故事（三）/ 亲近母语研究院编著．—桂林：广西师范大学出版社，2016.4

ISBN 978-7-5495-7301-1

Ⅰ.①中… Ⅱ.①亲… Ⅲ.①民间故事－作品集－中国 Ⅳ.① I277

中国版本图书馆 CIP 数据核字（2015）第 246086 号

出 品 人：刘广汉

责任编辑：李　梅　李兰兰

封面设计：张燕妮

装帧设计：徐　妙　唐宸工作室

广西师范大学出版社出版发行

（广西桂林市中华路 22 号　　邮政编码：541001

网址：http://www.bbtpress.com）

出版人：何林夏

全国新华书店经销

销售热线：021-31260822-882/883

山东鸿君杰文化发展有限公司印刷

（山东省淄博市桓台县寿济路 13188 号　邮政编码：256401）

开本：720mm × 1000mm　1/16

印张：5.25　字数：50 千字

2016 年 4 月第 1 版　2016 年 4 月第 1 次印刷

定价：28.00 元

“老故事”的价值

读这些中国的“老故事”，我就想到同样老的“经典”。由给儿童读这些“老故事”，我也想到一些地区风行的儿童“读经”。多年前，我与阿甲等人讨论儿童教育领域的传统文化的传承问题，共同表达过需要重视民间文学的观点。我也曾写有《童谣之“大”与王财贵的儿童读经之“小”》一文，从题目中即可看出我对儿童读经，特别是将儿童读经搞成运动的看法。

曾有古人说：“中国之君子，明于礼义而陋于知人心。”（出自《庄子·田子方》）古代的君子是如此，宣扬“儿童读经”的现代“君子”也大都有此通病。

王财贵教授曾经这样批判应用儿童文学的小学语文教育：“念‘小老鼠，上灯台’，念了六年，一无所有。”我猜测，面对这些与“小老鼠，上灯台”处于同一维度的“老故事”，他很可能也会不以为然。

但是，我却认为，同“小老鼠，上灯台”等童谣一样，作为民间文学的这些“老故事”在儿童阅读上具有重要的价值。

关于文化传统的传承方式，美国心理学家布鲁诺·贝托海姆是这样说的：“今天，像过去一样，养育孩子最重要的，也是最困难的任务就是帮助他找到人生的意义。”“对于这一任务，父母和其他照料孩子的人的影响最为重要；其次是我们的文化传统，但我们必须以正确的方式将它传授给儿童。在儿童时期，只有文学能最好地传播这种知识。”

贝托海姆所说的传授文化传统的“正确的方式”非常重要。我主张，用儿童文学的思想和方法来梳理、甄别、改造传统文化中的资源，而不是直接拿来“圣经贤传”，不问青红皂白，捏着孩子的鼻子灌下去。我想从两个角度来说明不加甄别的硬性“灌输”的不可取。

在思想内容上，儿童读经多用《三字经》为教材，尤其是爱用“孔融让梨”这样的故事，以为这样的故事是在赞扬谦让的美德。可是如果我们稍加分析，就会知道这并不是一个美德故事。《三字经》中是这样说的：“融四岁，能让梨，弟于长，宜先知。首孝悌，次见闻，知某数，识某文。”可见，在“孔融让梨”这个具体的故事里，是“四岁”的弟弟孔融让给上面的哥哥。孔融有五个哥哥，如果按照一年生一个孩子来算，这五个哥哥的年龄大致是5、6、7、8、9岁。很清楚，在《三字经》中，“孔融让梨”不是表现一种谦让美德，而是在宣扬“悌”于“长”这一“孝悌”次序。

对于“孝悌”，《论语》是这样解释的：“有子曰：‘其为人也孝悌，而好犯上者，鲜矣；不好犯上，而好作乱者，未之有也。’”“悌”这种道德，不是如钱文忠所解释的是兄弟间的友爱，而是弟弟对兄长自下对上的恭顺。“悌”在古代，是必须遵循的礼法。所以，“《融别传》曰：‘融四岁，与兄食梨，辄引小者。人问其故？答曰：‘小儿，法当取小者。’”不是“情”，而是“法”。

我们要问的是，这样的“法”在当今社会是合理的吗？儿童教育，包括道德教育，不能不考虑儿童的心理发展阶段。“四岁”这个年龄很重要！正是因为是一个四岁的弟弟给八九岁的哥哥让梨这一事实，使“孔融让梨”的道德教育失去了“道德”的根基。

我认为宣扬四岁的弟弟给哥哥让梨，会给幼小的心灵带来阴影甚至是伤害。为什么？研究儿童哲学的马修斯教授举了一个很生动的事例——飞迪（6岁）因为父母朋友的三个孩子霸占了电视，他们不让他看他所喜欢的频道。飞迪很不高兴地从沙发上起来，走到厨房去。“怎么了，脸色这么难看？”妈妈问。“可是他们要看Moomins！”飞迪失望地说。“对不起，”妈妈说，“我知道你受不了那个节目。不过，你这样想好不好，让三个人快乐比一个人快乐不是好些吗？”飞迪想了一下，疑惑地问：“妈妈，为什么三个人自私比一个人自私好呢？”

这个事例告诉我们，小孩子的心灵是很敏锐的，他们对公正是有思考的。四岁的幼儿若被教以让梨给哥哥的话，他们是会感受到其中的不公正的。

一个公正、公平的社会，“谦让”精神应该是强者（有能力获得资源、分配资源的人）谦让弱者（没有能力获得资源、分配资源的人），或者至少是两者都有获得资源的机会，一方让另一方。如果是反过来，要求弱者谦让强者，社会就会陷于不公平。泰坦尼克号沉没时，如果以“融四岁，能让梨”这一故事为道德标准，先走的就不是儿童，而是大人；不是妇女，而是男人。按照普遍的常理，在一般的家庭里，在没有父母在场的情况下，四岁的弟弟和七八岁的哥哥之间，有资格分梨的当然是哥哥而不是弟弟。也就是说，哥哥是强者，弟弟是弱者。如果哥哥不先拿大梨，反倒让弟弟“谦让”地“让梨”，弟弟不会感到不公平吗？“孔融让梨”这个弟弟给哥哥让梨的故事，是与“尊老爱幼”这一社会公德相违背的。

要儿童读经，必须先对古代经典的内容进行甄别。我主张对儿童进行传统教育，必须进行“现代”转化。我注意到《中国老故事》丛书里的《李寄斩蛇》就作了“现代”转化这一处理。《李寄斩蛇》取自《搜神记》里的《李寄》。在《李寄》中有这样一段话：“寄曰：‘父母无相，惟生六女，无有一男，虽有如无。女无缇萦济父母之功，既不能供养，徒费衣食，生无所益，不如早死。卖寄之身，可得少钱，以供父母，岂不善耶？’”李寄所说之言，表现出的是“男尊女卑”的封建思想。但在该丛书里，李寄已经没有这种封建思想。故事出现的是，“别看李寄是个女孩，父亲却一直疼爱她”这样的文字。

古代的经典，大多是文言文写作。这就有个传达形式的问题。很多儿童读经，采用的是过去私塾教育的那种盲诵枯记式的读经方式。对这种硬性“灌输”的方式的无效性，台湾儿童文学作家王淑芬在儿童文学作品中曾经给予嘲讽。她写儿童读《论语》中的“知之为知之，不知为不知，是知也”，并不知其意，结果读成了“只只喂只只，不只喂不只，四只也”。其实此种盲诵枯记的做法，鲁迅当年早就进行过批判。

我认为，对儿童进行传统文化的教育，民间文学也是重要的资源。与《论语》《三字经》等经典不同的是，民间文学不论是思想内容还是表现形式，都更加贴近儿童心理和接受能力，更有助于儿童的精神成长。

在思想内容方面，民间故事触及并解决着儿童成长的深层心理问题。心理学家雪登·凯许登在《巫婆一定得死》一书中就指出："但童话故事不只是充满悬疑，能激发想象的冒险故事，它所提供的并不只是娱乐效果。童话故事在追逐奔跑、千钧一发的情节后，还有严肃的戏剧起伏，能反映出孩童内心世界发生的事件。虽然童话故事最初的吸引力可能在于它能取悦孩子，但它的魅力持久不衰，则是因为它能帮孩子处理成长过程中必须面对的内心冲突。"雪登·凯许登紧紧抓住民间故事中的"女巫"（凡是对故事主角造成致命威胁的都是女巫）这一形象。他认为民间童话处理的正是虚荣、贪吃、嫉妒、色欲、欺骗、贪婪和懒惰这"童年的七大罪"，它由"女巫"来代表和呈现。但是，女巫并非真实的人，而是一种心理力量的表征，在无数民间童话中，女巫都代表所有孩子努力抗拒的某种天性。

雪登·凯许登说："童话故事之所以能解决这些冲突，是因为它提供孩子一个舞台，演练内心的冲突。儿童在聆听童话故事时，会不自觉地把自己内心各部分投射到故事中不同角色身上，在各个角色身上'存放'内心对立的各种特质。举例来说，《白雪公主》的邪恶皇后，是自恋的代表，而读者认同的小公主，则代表儿童心中渴望克服自恋的部分。打败皇后就代表自我的正面力量战胜了虚荣的冲动。"为什么在民间童话中"巫婆"，即代表邪恶力量的角色一定得死？雪登·凯许登的解释是："从心理观点来看，快乐结局象征自我正面的力量获胜，女巫被除掉，她代表的邪恶部分随之消灭，儿童就不再受到自我谴责、自我怀疑的干扰。自我经历了变化——也就是所谓的洗涤，让小读者感到安全，自我肯定。"

这套中国"老故事"收入了神话、传说、故事、童话等民间文学作品，也具有雪登·凯许登所说的"演练内心的冲突""解决这些冲突"的教育功能。比如，《范丹问佛》这个故事，生活贫困的范丹去西天找佛祖问怎样才能获得好生活，一路上遇到了员外、土地公公、乌龟，他们分别让范丹帮他们问能使女儿开口说话、升迁、成龙的办法。范丹一一答应了。可他走到西天，当值的罗汉却告诉他，佛祖说，替人家问事，自己就不能问事，自己问事，就不能替人家问事。这显然对范丹是一个考验。儿童读者读到这里，也会扪心自问吧。范丹最后选择了遵守诺言，放弃了自己的机会，帮他人问事。由于经受住了佛祖的这个考验，范丹从此过上了幸福的生活。在《九色鹿》这个故事中，九色鹿救落水人不为报答，可是面对诱惑，落水人却忘恩负义，最后受到严厉的惩罚。这样的故事，体现了民间文学处理善恶的方式：黑白分明。这种黑白分明的善恶冲突的故事，使儿童内心中的善恶冲突得以确认，并从中做出正确的选择。

不仅在思想内容上，在艺术形式，特别是语言形式上，民间文学也有着重要的不可替代的价值。比如，民间故事的三段式结构，比如民间文学的口语讲述的语言，对于儿童的心智发展和语言发展，与作家文学和书面语文学形成了互补的作用。

最后，我想说说“老”故事的价值。文学与科学不同。科学的发展，往往是新的取代旧的，但是文学则不是这样。文学有变化，却往往不是否定和取代。《诗经》的艺术光泽不会因时光的流逝而被洗去，同样，古老的民间故事也会历久弥新，在儿童的阅读中，在儿童的精神成长中，显示出其不“老”的价值。

朱自强

（儿童文化学者，中国海洋大学教授）

目 录

布谷鸟的传说

每当春末夏初的时候，无论白天还是黑夜，尤其是在清晨，人们经常听到清脆嘹亮的鸟叫声。那是布谷鸟的啼鸣，它们好像在催人春播，不要误了农时，人们也叫布谷鸟为“播谷鸟”。它们还有个好听的名字叫“春的信使”。布谷鸟还有这样一个传说呢。

从前有一座无名山。山里住着几户人家，日子过得都挺清苦。唯独王老汉家算小有家产，田地丰饶，风水甚好，种出的庄稼饱满香甜。老汉有两个儿子，大儿子王刚，小儿子博古。虽说叫博古，其实压根儿没读过什么书。话说这两个儿子为什么不同姓呢？原来他们不是一娘所生。叫博古的小儿子，是王老汉与后来娶的妻子张氏生的。张氏知道博古傻头傻脑，没什么本事。哥哥王刚虽说也不机灵，但为人憨厚，肯吃苦，颇中王老汉的意。张氏很是担心自己的亲生儿子，总想方设法刁难王刚，希望逼走他，博古能独得那点儿家财。

这天，张氏站在灶前剥黄豆，突然心生一计。第二天，张氏给王刚和博古一人一小口袋豆种，对他们哥俩说：“你们拿上这些豆种，往高处去，到山顶上的那块平地把豆子种了。豆种发芽了，你们再回来。谁的先发芽，谁就先回来，要是不出苗，

就不准回来。”哥俩接过张氏手里的豆种，带上干粮和锄头出发了。

半路上走累了，他们坐在一块石头上歇歇脚，随手将豆种袋子搁在了一边。再起身时，博古抓起一袋，发现豆种袋子比刚刚轻了许多。奇怪！博古打开袋子，闻到一股豆香，他拈起一粒放到嘴里，竟然酥脆可口，忍不住多吃了几小把，袋子一下空了许多。王刚本性善良，虽说拎了个沉些的袋子，并没有在意。王刚哪知道张氏给他的原是炒熟的豆子，指望着他种不出，回不去的，可现在阴差阳错，熟豆子到了博古的手里。

他们爬上了山顶，找了两小块空地，种下了豆种。

他们在山上等啊等啊，足足等了五天五夜。

王刚的地里冒出了小芽，博古的地里什么都没有。

王刚想起张氏的嘱咐，不敢耽误，急匆匆地往山下赶。留在山上的博古急得大喊：“刚哥，刚哥，等等我！”可王刚想到自己受过的那些皮肉之苦，哪里敢停留，赶紧下山。

王刚一路小跑。经过一条小溪时，他蹲在溪边捧水，打算喝两口，突然游过来一条小鱼，扑腾到他手里。王刚正奇怪着呢，小鱼竟然说话了：“刚哥刚哥，带我出走。”鱼儿在溪里游，王刚随着在溪边走。穿过了三个大溶洞，还碰上了一个小村子，王刚已经不认识回家的路了，他自己都不知道现在身在何处。这个小村子仙气缭绕，风光秀丽。王刚走着走着，好像把小鱼的事忘得一干二净了。等他突然想起，发现身边竟然站着位美丽的姑娘。原来小鱼是姑娘的化身，姑娘想同这个勤劳善良的小伙子结为夫妻呢。

又是五天五夜过去了，博古的干粮早已吃完。他仍站在一块大石头上等着，又饥又渴又冷，不停地哭着喊着：“刚哥，等等我！刚哥，等等我……”喊得那么凄凉，哭得那么伤心。他嗓子喊哑了，眼泪哭干了，肚子饿空了，倒在大石头上再也不能动弹了。

张氏在家左等右等，就是等不到博古回家。她心急如焚，爬到了山顶上，看见一块大石头上站着一只漂亮的鸟，悲凉地叫着：“刚哥刚哥，等着等着，刚哥刚哥，等着等着。”那鸟看见张氏，叫得更凄惨了：“光种不出，害我博古，害我博古，光种不出。”两个孩子都没了，张氏后悔也来不及了。

从此以后，每年到了清明节前后，这种鸟就到处飞，日夜不停地叫着：“博古博古，光种不出。”有人说叫的是“播谷播谷，保种保出”，以此来告诫人们在播种的时候，一定要选好种子，认真耕作。于是，人们就称这种鸟为布谷鸟。

传说中的布谷

一到春天，田野里就响起布谷鸟“布谷、布谷”的鸣叫。传说，这是珍珠姑娘在寻找她的丈夫呢。

很久很久以前，燕山脚下住着一个以打柴为生的青年，名叫布谷。他的爹妈去世得早，从小就孤苦伶仃，常常挨饿受冻。

这天，布谷又来到了半山打柴，发现树木零零落落、稀稀疏疏，就又往高处攀去。爬了好久，总算来到一片密林。布谷打算坐下喘口气再干活儿，突然听到一阵小鸟的鸣叫，声音清脆凄楚。循着鸟鸣声，布谷来到了一棵大树下，突然，一滴鲜血落在了布谷的肩上。抬头细看，呀，原来是一只受伤的小鸟蜷缩在枝丫上。

布谷三两下爬上树，轻轻地捧下小鸟，扯了身上的破布条仔细地帮小鸟包扎。布谷这才注意到小鸟的毛色鲜艳，五彩夺目，惹人怜爱。布谷打了柴，托着小鸟回家了。

到家以后，他用树枝编了一个精致的鸟笼，让小鸟住在里面，天天给它喂米喂水。布谷家里很穷，常常打一天的柴也换不回半升米，可是他宁愿自己吃野菜，也不让小鸟挨饿。小鸟的翅膀渐渐长好了，更加光彩夺目。

每天清晨，小鸟几声清脆的鸣叫——“布谷布谷”，将布谷从睡梦中唤醒。布谷便高高兴兴地起床。看到布谷进进出出，忙里忙外，小鸟也在笼子里快活地蹦上跳下。傍晚，布谷回来了，还没踏进屋门，就听到“布谷布谷”的呼唤，布谷好像有了亲人，觉得心里满满当当的。

时间一天天过去，转眼到了冬天。有一天清晨，布谷刚踏出门，一抬头看见了天空中的大雁。一群大雁往远处飞去，身影越来越小。布谷看着大雁慢慢变成了小黑点，直到不见了踪迹，还愣愣地盯着远方。他想北方这么冷，我的小鸟能适应吗？它也许要去暖和的地方过冬。这一天，布谷打柴都心不在焉，焦躁不安。思来想去，他决定宁愿自己继续孤独，也不让小鸟受委屈。傍晚，布谷回到家，慢慢地打开了鸟笼，对小鸟说：“美丽的小鸟，我的亲人，你快飞去暖和的地方过冬吧！”布谷伤心绝望，小鸟默默无言。

第二天，天还没亮，布谷就匆匆忙忙出了门，出门时看也

不敢看笼子。这一天，布谷一直在山里等待，他不想亲眼看着小鸟飞走。等到天黑了，他才无精打采地走回家。刚一进门，“布谷布谷”，那熟悉的叫声又响起来了。布谷又惊又喜，急忙跑到屋檐下的笼子跟前。月光下，笼子门开着，小鸟依旧在笼子里跳上跳下，扑腾着翅膀唱着歌，叫声比以前更加动听。布谷呆呆地看着打开的鸟笼，听着鸟儿迷人的歌声，一句话也说不出来。一直到小鸟停止了歌唱，布谷才欢欢喜喜地去做饭。他刚来到灶边，一揭开锅，“呼”的一团热气扑了出来。黄澄澄的小米粥、白花花的大馒头早已做好。布谷虽已是饥肠辘辘，但也忍不住琢磨了半天。这事儿真怪啊！究竟是谁做的饭，这些米面又是哪儿来的呢？之后几天每当布谷回到家，晚饭都已备好，真是太奇怪了。怪事一连三天，天天发生。

到了第四天，布谷一大早出了门，没走几步就折回来，悄悄地躲在屋外，想看个究竟。等到中午时分，他轻轻地推开院门走到窗前，用手指捅破了窗户纸往里一瞧，天呐！有一位美丽的姑娘正在屋子里刷锅洗碗。他再一转头，房檐下的那只鸟笼空空的，有一件五彩的小羽衣躺在里面。布谷似乎明白了，他轻轻地拿起羽衣揣进怀里。听见屋外有响动，姑娘急忙从屋里跑出来，一看笼子里的羽衣不见了，只好红着脸站着。布谷又惊又喜，他结结巴巴地说：“姑……姑娘，你是谁？你对我这么好，我……我要娶你为妻。你愿意吗？要是愿意，就点……点头。要是不愿意，我还把羽衣还给你。”姑娘抬起头，一双大眼睛深情地看着布谷，轻轻地点了点头。布谷一看姑娘同意了，欣喜若狂，掏出羽衣就扔进火塘里。姑娘的脸“刷”地白了，她急忙从火里抢出羽衣，五彩的羽衣已经被烧得黑一块灰一块的。姑娘抽抽搭搭地哭了起来，“我本是珍珠仙子，偷了五彩羽衣下凡，不幸被坏人射中了翅膀，是你救了我。你的救命之恩，我当相报。为你做饭，跟你成亲都是我心甘情愿的。你为什么要烧了我的羽衣，是不相信我吗？”布谷实在没料到姑娘会为此生气难过，吓坏了。“对不住，姑娘，真对不住！是我高兴得糊涂了，想都没想就干了蠢事。姑娘，你莫生气了，好吗？”姑娘听布谷说得诚恳，停止了哭泣。也怪，顺着姑娘的脸滚落下来的颗颗泪珠，一着地，就变成了颗颗珍珠。姑娘弯腰捡起来，交给布谷。布谷卖掉珍珠，买了几亩地，还盖了几间房。他们俩从此过上了幸福自在的生活。

好日子还没过几天，就碰上了倒霉事。这天，皇上打猎路过这里，恰巧见到珍珠姑娘在溪边洗衣。皇上惊呆了，宫里没一个女子能比得上她。回到皇宫，皇上还念念不忘。随从们早就猜透了皇上的心思，想出了法子。

第二天一清早，布谷家的门就被撞开，一群人二话不说绑住了布谷，布谷来不及叫喊，就已经被堵上了嘴巴，拖出了屋子。珍珠姑娘被挡在屋内，一个宫里模样的人宣读圣旨。两个

随从架着珍珠姑娘，逼她跪下接旨。皇上要接珍珠姑娘进宫做嫔妃。珍珠姑娘知道，自己返回珍珠宫的日子到了，她多想再见布谷一面。

珍珠姑娘冷冷地对宫里的随从说："请等一下，我梳洗梳洗换件衣裳。请各位大人屋外等候。"珍珠姑娘掩上了门。一大帮的随从在院子里左等右等不见珍珠姑娘出来。传旨官生了疑，他踹开门进了屋，发现屋里空空的，半个人影也没有，只看见后窗大开着。原来珍珠姑娘来到屋内，立刻披上了那件羽衣，从后窗飞走了。她要飞出去寻找自己的丈夫布谷，但她哪里知道布谷被关在了什么地方。珍珠姑娘一边飞一边叫，"布谷！布谷！"飞呀找呀！找呀飞呀！

一直到今天，珍珠姑娘还在寻找着她的丈夫，"布谷！布谷！"人们听到她的声声呼唤，便将她称作"布谷鸟"。

鸡的由来

很久很久以前，武义的深山坞里有个小村庄，村里有个姓奚的人家，家里有两个孩子，一男一女。儿子年纪大些，已经成了家，有了小宝宝。女儿十六岁，是老俩口的心肝宝贝、掌上明珠。再加上女儿聪明，模样好看，老俩口更是娇生惯养，百依百顺，把她惯得又馋又懒、百般骄横，实话没半句，瞎话装一车。他们的儿媳则老实稳重、勤勤快快、明白事理。

老话说“提起闺女笑盈盈，提起媳妇牙根疼”。媳妇再好，也上不了婆婆眼；女儿再坏，当娘的还是亲。奚老太也不例外，总是怪媳妇吃得多，做得少，家里丢了东西、少了吃的，便说是媳妇偷回娘家了。不省事的女儿又时常在奚老太面前说三道四、搬弄是非，让媳妇受了不少冤枉气。

一天中午，全家老小吃了一顿饺子，剩下了不少。下午媳妇在床上，侧身哄小宝宝睡觉。小宝宝刚睡着，媳妇不敢动，生怕惊醒小宝宝，便躺在床上，禁不住东想西想起来。想到这一年多来在婆婆家受的冤枉气，想到婆婆总是听信小姑的谗言，想到自己每天起早贪黑还落不下一句好，她越想越伤心，忍不住流下了眼泪，抽抽搭搭了一阵儿，竟也迷迷糊糊地睡着了。突然，什么声音惊醒了她。她赶紧起身下了床，撩起门帘一看，原来小姑正狼吞虎咽地吃剩下的饺子。碗筷叮当，小姑子旁若无人，吃得正欢，压根儿没看到撩起门帘的嫂子。

傍晚，奚老太回到家，一看饺子少了许多，心里很不高兴，自然联想到是媳妇偷吃了，照例唠叨起来：“咳！真没法子，原先没生孩子时，偷吃偷喝我没理你。现在当娘了还是这样馋嘴，成什么规矩！”女儿也接口说：“吃了就吃了呗，生就的骨头长就的相，你嘟嘟半天管什么用！”小姑婆婆你一句我一句，越说越起劲。媳妇在里屋听着，不由地心头火起，再也忍不住了，出了房门对婆婆说：“娘，这饺子不是我偷吃的，你不要骂了。”婆婆一听媳妇顶嘴更加生气：“你没偷吃，难道是我女儿偷吃了不成？我家女儿从来不偷吃，你不要冤枉别人。”

婆婆对媳妇大喊大叫，媳妇气得满脸通红，小姑见了更得意：“你说不是你吃的，你敢对天发誓吗？”媳妇有何不敢，便说：“要是我吃了饺子，今日便死在这里！”媳妇起誓完，对着小姑说：“你敢对天发誓吗？”小姑正支吾着，奚老太跳着脚喊：“女儿，发誓！怕她不成！”

小姑也只好跟着发誓：“如果是我吃

了饺子我就不是人！”

话音刚落，只听“啪”的一声，女儿一个仰天跌倒下去，奚老太见了马上去拉。这一拉倒叫她吃了一惊，只见拉起来的是衣服，人不见了！一抖衣服，从里面滚出来一个圆不圆、长不长的东西。奚老太一呆，放声大哭起来。

奚老太天天喊女儿，希望她能早点回来。过了二十几天，从滚出来的东西里钻出个活物。只见它黄色绒毛，尖尖小嘴，两条细细的腿，摔了几跤站起来，既能跑又能吃。老俩口又惊又喜，女儿复活了，可不知如何称呼。老头说：“女儿又馋又懒，所以老天爷才把她变成这个小东西。它的长相像鸟，而咱家姓奚，结合起来不是‘鸡（鷄）’字吗？我看就叫它鸡好了。”

转眼几年过去了，孙子也长大了。有一天，孙子给鸡喂食，嘴里喊：“鸡、鸡、鸡，快来吃！”奚老太听了很生气：“没大没小，那是你姑姑，以后都要叫‘姑’！”孙子很听话，就“姑、姑、姑”地喊起来。奇怪的是鸡一听见喊“姑”，就跑得飞快，吃得也快。奚老太很高兴，规定全家以后都这么叫。从此往后，大家都“姑姑（咕咕）姑姑（咕咕）”地叫着喂鸡，这种叫法一直传到今天。

本来鸡下蛋，谁也不知道。有一天，鸡正在马槽里下蛋，哥哥过来拌马料，见鸡碍事，便用一根棍去赶。鸡连飞带跑地喊着：“哥哥打，哥哥打！”奚老太知道了，把儿子痛骂了一顿。但鸡还是不解气，每次生蛋之后，就想起挨打的事，“哥哥打，哥哥打（咯咯嗒，咯咯嗒）”叫个不停。

借眼睛的虾

好多年以前，蚯蚓和虾子是邻居，都住在陆地上。

那时候，蚯蚓有一双又圆又亮的眼睛，而虾子没有眼睛，所以大家都叫虾子“瞎蹦蹦”。它们住在一起，从来没有发生过什么争吵。这多亏蚯蚓脾气好、心地好，时常唱歌给虾子听，陪伴它，排解它的寂寞。可是，仍然有一件事令虾子很痛苦，那就是它从来没看过这个世界。

这天，蚯蚓顺着树干爬到了树顶的叶子上，看到前面的天空黑云翻滚，眼看大雨就要来了，赶快下树，来到虾子门前，喊道：“虾老弟，我们一起到高处去，大雨快要来了，溪水要涨了。”虾子听到了蚯蚓的呼唤，连忙蹦出来，拽着蚯蚓离开了这里。蚯蚓带着虾子来到了附近的小山坡，找了个小洞躲了进去。虾子问：“蚯蚓兄弟，你怎么知道快要下雨了？”

“我看到了乌云。”

“乌云是什么？”

“黑颜色的云。”

“黑颜色，我倒是知道。不过，云，是什么样子啊？”

“云是很神秘的东西，会变来变去，会变颜色也会变样子。有时候黑，有时候白，有时候金；有时候像飞禽，有时候像走兽。”

虾子听了，很是神往。可是，不管它怎么使劲地想，也想不出蚯蚓描述的情景。虾子越想越难受，不由得痛哭起来。好朋友蚯蚓问：“虾子老弟，什么事情令你这样悲伤？”虾子把心里的苦处告诉了蚯蚓，蚯蚓听了，觉得虾子实在可怜，陪着它唉声叹气。虾子对蚯蚓说：“老朋友，你可以把眼睛借给我看一下吗？只要看一眼，我就心满意足了。”

蚯蚓虽然同情虾子，但也担心自己没了眼睛怎么过日子。虾子听出了蚯蚓的犹豫，继续央求道：“雨停了，我们先回屋。你在家歇会儿，我借你的眼睛看一下，很快就还给你。好吗？”看着虾子可怜巴巴的样子，蚯蚓就答应了。

蚯蚓和虾子回到了自己的住地。虾子迫不及待地把两只又圆又亮的眼睛装到自己尖尖的脑袋上，蹦出了屋。立刻，太阳把它照得头昏脑涨。不多久，它便看到了世上许许多多东西。看到屋边的小溪，看到溪水里的鱼，看到绿油油的草地，草地上和它一样会蹦跳的虫子，它看到天上飞的鸟和五彩的虹……不过没看到蚯蚓说的神秘的云。虾子感到眼花缭乱的，所有的一切对它来说都是新鲜的，怎么也看不够。虾子叹气说：“唉呀！没眼睛是地狱，有眼睛是天

堂呀！”

虾子一面悲伤，一面动了坏心思。突然，它“扑通”一声跳进小溪里，再也不上来了。

可怜的蚯蚓在家等了又等，眼前漆黑一片。它再也等不住了，便摸索着出了门。蚯蚓一边哭一边呼唤：“虾子老弟，你在哪里，你在哪里呀？”但哪里都没有虾子的回音。蚯蚓饿着肚子，喊哑了嗓子，还是听不到虾子的回应。蚯蚓好害怕，为了逃避天敌的伤害，只好钻进土里去了。

虾子呢，跳进小溪后，怎么也不敢上来了。它听到了蚯蚓的呼唤，却装作没听见，越游越远。不过，偷来的东西终归不是自己的，不管它怎样装，那两只眼睛总是鼓在额角两旁，又难看，又好笑。更重要的是，虾子虽然有了眼睛，心里却从此没了快乐。它为提防被蚯蚓撞见，一天到晚躲躲闪闪，鬼鬼祟祟，连自己的影子也害怕。

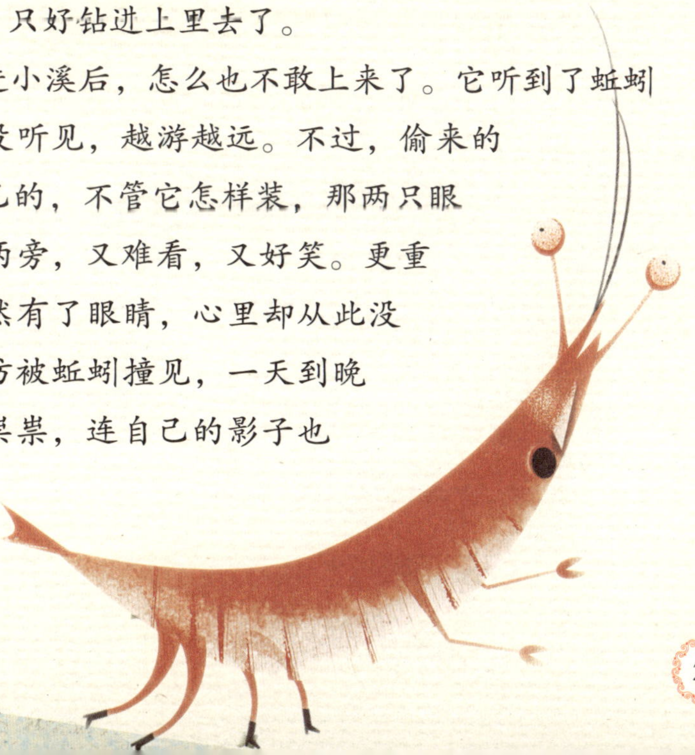

长腿的蛇和没腿的蛙

大家都说青蛙是庄稼的卫士，农民的好朋友，这是因为青蛙在农田里帮人们捕捉害虫。传说青蛙捉到了虫子，不光给自己填肚子，还会分给蛇吃。别看现在的蛇和青蛙是天敌，在很久很久以前，它们却是朋友。

那时候，蛇长着四条腿，而青蛙没有腿，靠肚子蠕动爬行。蛇的身子长，又能游水又能爬行，本事比青蛙大多了。蛇做青蛙的邻居，总觉得自己对青蛙有恩。像蛇这么厉害的角儿，愿意跟慢吞吞傻乎乎的青蛙说上几句话，可不就是对青蛙的恩赐嘛。蛇这么想着，越发摆出一副大人大量的姿态。老实巴交的青蛙被弄糊涂了，当真觉得蛇对自己宽宏，越发巴结着蛇，愿意替它做一切事。每天，青蛙挪动着身子蹲在田地里，静等虫子飞来。虽说青蛙没有腿和脚，但眼睛锐利，舌头一伸再一勾，飞虫没一只不落进青蛙嘴里的。青蛙填饱了肚子，从不忘蛇邻居，总是捕不少虫子含在嘴里，弄得大嘴巴鼓鼓的，回去献给蛇。蛇乐得自在，每天游手好闲，变得越来越懒。

蛇好吃懒做，青蛙十分勤快，每天帮人捉田地里的害虫，因此人们都讨厌蛇，喜欢青蛙。蛇看到人讨厌它，觉得十分不公。自己比青蛙聪明伶俐多了，屈尊交了青蛙这样的朋友，人还不喜欢它，真是岂有此理。蛇的心眼儿也真小，为了这件事，跟人结下了仇怨。青蛙去田里，蛇也去田里，青蛙捉虫子，蛇呢，见人就咬，还死缠不放。以后，人见了蛇吓得没命地逃。蛇咬不着人，就吞牲畜，别看蛇的身子细，但嘴巴大、肚子大，吞下一头牛都不在话下。牛帮人耕地，少了牛，人的活儿干不完，庄稼收成差，人的日子过得很不安宁。

土地神将这件事禀告了玉帝。玉帝传蛇上天宫，劝它改恶从善。蛇扭着身子口出狂言："青蛙是个什么玩意儿！人的脑子真笨，竟然瞧不起我。他们这样对我，我一定加倍奉还！"蛇摇头摆尾，神气活现，一点悔改的意思都没有。玉帝大怒，命令神兵砍去蛇的四条腿，狠狠地惩治了蛇。蛇怎么也没想到落得了这样的下场。从此，蛇就失去了四条腿。玉帝又见青蛙有功于人，便将蛇的四条腿赐给了青蛙。

青蛙有了腿之后，更勤快了，捕到的虫子更多了，庄稼的收成也更好了。人非常感谢青蛙的帮助。蛇看到青蛙和人相处得那样愉快，而自己却孤家寡人一个，连四条腿都失去了，非常后悔。它决心重新改造自己，也学着青蛙开始吃害虫。没了腿，蛇也蹦跶不了，就拖着长长的

身体，一声不响地游到东，游到西，看到哪家有了困难，就悄悄地帮助他们。慢慢地，人不怕蛇了，对蛇另眼相看。渐渐地，蛇觉得以它的聪明劲儿，还可以帮人做更大的事儿。看到农民常常因为水灾家破人亡，蛇决心跟着龙学治水。蛇掌握了治水的本领，救了不少庄稼，还救了很多人，人很感激蛇。蛇死后，将自己的躯体献给人，作为药物救治了许多生病的人。玉帝见蛇知过能改，有功于人，在册封十二生肖时，让它排在龙的后面，当上了人类的生肖。

蛇当上生肖以后，更不会主动伤人了，一旦有恶念萌发，便将恶念化成一层皮蜕下，表明改邪归正的决心。尽管如此，它还是对青蛙拥有它的四条腿怀恨在心。所以，直到今天，蛇还是一见青蛙就咬。青蛙见目露凶光的蛇也会吓得浑身发抖，急急忙忙地躲开。

蜗牛和黄牛

蜗牛和黄牛，差了十万八千里。一个那么小，一个那么大；一个看起来一捏就碎，一个却身强力壮，是人们心中的大力神。

你一定没想到，在很久很久以前，蜗牛和黄牛竟然是一对亲兄弟。因为他们的名字如此相像，说故事的人就把他们说成了亲兄弟。既然是亲兄弟，当然长得也像咯。是蜗牛像黄牛，还是黄牛像蜗牛呢？当然是蜗牛像黄牛啦。也就是说，很久很久以前的那个时候，蜗牛也是高高大大帅帅的样子，比起黄牛的模样一点儿也不逊色。

高大的蜗牛和黄牛有一位老父亲，老父亲是耕田的好手，农活儿干起来真不赖，四乡八邻，远近闻名。让这位老父亲难过的是，两个儿子虽长得高大，但没一个会干农活。这当然是蜗牛和黄牛的不对，家里有这么一位好师傅，就算不学，看着

看着也该心领神会，就算手上做不出，心里也该有的。当父亲的也有不当之处，这么两个身强力壮的儿子，怎么也得让他们练练手啊。

直到老父亲生了病干不动活儿了，这才悔不当初，想起教导儿子来了。

蜗牛和黄牛的农活天分不同，学习的心思差别更大。我不说你也知道，当然是黄牛天分好，勤劳肯干。蜗牛呢，又懒又笨。也许开始没那么笨，懒着懒着，就懒笨了。

黄牛亲亲热热地在老父亲身边，伺候他，陪他说话。“爹，您平时做的那些农活，都记在我心里呢！您就安心养病，我保管伺候好您，也伺候好田。”听得老父亲眼泪都流出来了。黄牛这孩子可不是耍耍嘴皮子功夫，每天起早贪黑，任劳任怨地干活，好像积攒了多年的劲儿全在这儿使上了。

跟父亲一样，黄牛也成了种田能手。

蜗牛呢，原来没事儿就老喜欢躺着，现在看到老父亲生了

病躺着，他也跟着，躺的时间更长了。早晨一睁眼，躺着，躺到天黑，还是躺着，闭了眼睡觉当然也是躺着。老父亲一生病，黄牛辛苦了，蜗牛更舒坦了。黄牛伺候爹，也顺道伺候蜗牛，吃的喝的一并送到床上来。父亲吃完了，蜗牛也吃完了，黄牛再一起收拾。

这么天天躺着，其实也怪累的。哪儿累呢？脑子累，心累。不干活，就睡不着觉。渐渐的，蜗牛晚上就睡不着了，睡不着就胡思乱想了。蜗牛躺在床上，看着屋顶，他突然想到，要是屋顶突然塌下来，怎么办啊！蜗牛翻了个身。咦？这张床，怎么吱吱响，是不是床腿儿要断了？蜗牛一害怕，躺不住了，起了身，抱着腿，蹲在门边。风从门缝里钻进来，凉飕飕的，蜗牛一哆嗦，心想，门不严，床腿软，屋顶看得人心慌慌。这里不能再住下去了，太可怕了！蜗牛披着被子在门边缩了一夜，天一亮，就出了门。

懒懒的蜗牛这一天可勤快了，拖回来一块大石头，他要把石头凿出个洞，钻进去。他说：“这样的屋子最牢靠，大风刮不倒，水也淹不了，遇到危险，我就背着跑。”

石头上总算凿出了个洞，有点小，蜗牛挤挤就进去了，只把脑袋露在外面，看看风景，吃吃东西。蜗牛特别满意他的新住处，整天待在里面不肯出来，到哪儿都驮着。

日子就这么一天天过去，老父亲和黄牛也拿他没办法。

时间久了，蜗牛想出来都出不来了，好像跟他的石屋子长在一起了。

渐渐的，蜗牛就成了现在我们看到的样子。只是他的屋子不再像石头那么结实，这是为什么呢?

这又是另外一个故事了。

一日三餐与三日一餐

我们每天吃三餐饭，一天睡一次觉，生活得很有规律。传说在很久很久以前，人并不是这样有规律地生活的。

那时候人的日子过得很随意。有的人勤快，每天早早起床干农活，没日没夜地辛劳。有的人整天睡大觉，没吃的没喝的，就问别人讨。有的人一天只吃一餐饭，有的人吃五餐。人想什么时候吃就什么时候吃，想什么时候睡就什么时候睡，做什么都没个准，乱得不像样。

这天，玉皇大帝和王母娘娘召集文武群臣到灵霄殿议事。王母娘娘说："人间吃饭、睡觉、干活都没个体统，乱糟糟。传本宫口谕，今后，人三天吃一餐，三天睡一宿，其他时间都用来干活。一勤天下无难事，人还需要好好调教。哪位卿家替本宫下凡传此口谕？"

还没等众仙反应过来，牛大仙已经上前一步："娘娘，臣愿下凡传旨。娘娘放心，此事定当办妥。"

牛大仙道行不高，平日里又爱喝酒说大话，常干糊涂事。他一上前，大家心里都不免嘀咕，这位吹牛大仙不知又会捅出什么篓子。王母一时间心里也颇犹豫，没有应允。牛大仙见此情景，有些尴尬，脸都涨红了。

南极真君站在殿下，对王母的新规定很有想法。人，是凡夫俗子，不比仙家。三天只吃一餐，三天才睡一宿，人怕是早就要累倒了。王母此举，实在是操之过急。不过，现在反对，也不太合时宜。该怎么办呢？

看到糊里糊涂的牛大仙，南极真君顿时有了主意。

“启奏娘娘，老臣倒是赞同牛大仙的意见，他确能担此重任。”牛大仙正不知如何是好，看到

南极真君解围助力，心中感激，也暗暗松了口气。

“此话怎讲？”王母疑惑。

“牛大仙平素豪爽，能言善道，神通广大，派他下凡传旨，定能让人心服口服。再说，牛大仙果断领旨，正表现了他对下界的关护。老臣以为，牛大仙确能担当。”

看到南极真君赞同，众仙也纷纷附和。

终于，王母点头同意了。

牛大仙心中颇为得意，转脸就忘了刚才的左右为难。下朝后，免不了在老朋友面前吹吹牛，炫耀一番。而南极真君早已依计化作清风下凡了。

仙界和人间有一条长长的通道连接，这条道叫做泰山道。南极真君就在那儿等着牛大仙呢！

话说牛大仙驾云下凡，为了完成好任务，口中不断念念有词，生怕忘了：“三天一餐，三天一宿。三天一餐，三天一宿。三天一餐，三天一宿……”走上了泰山道，牛大仙还瞪着眼睛嘀嘀咕咕。“啊！”突然牛大仙一声叫喊，原来他踢上个大石块，狠狠地摔了一大跤。这块石头有牛大仙半个大，牛大仙居然没发现。牛大仙翻身起来，看着大石头，心里挺纳闷儿。“对了，刚刚念叨什么来着？”牛大仙自言自语道，“一天……三餐，一天……三宿，不对不对，一天一宿。对！一天三餐，一天一宿！”牛大仙找回了口谕，絮絮叨叨顺着泰山道继续走下去。

牛大仙来到凡间就将天上的规定传成了“一天吃三餐，一天睡一宿”。人的日子变得有规律了，天一黑，人就睡觉，天一亮，人就起床。每天要做三餐饭，刚刚去田里劳动，不大会儿，又要回去做饭，变得更忙碌了，可种地的时间却变少了。

王母看到新的规定颁布以后，地里的庄稼没有变多，反而更荒了，就传来牛大仙问个究竟。牛大仙高高兴兴，以为领赏来了，没想到，王母大怒："蠢牛，你是怎么传的旨？"

牛大仙心里一惊："回禀娘娘，是一天吃三餐，一天睡一宿啊！"

王母大发雷霆："本宫吩咐你的是'三天吃一餐，三天睡一宿'，你倒好，传成了'一天吃三餐，一天睡一宿'。你去看看，人的庄稼都荒了，每天忙着做饭、吃饭、休息。看看你干的好事！本宫要狠狠责罚你，将你贬到人间，吃苦受累帮人干活，永世不得回到仙界！"

就这样，糊里糊涂的牛大仙就落到了人间。老牛来到人间后，帮人们耕地干活，人吃粮食牛只能吃杂草。牛被罚到人间帮人种地，很不服气，对人瞪着牛眼发脾气，不肯干活。螃蟹在一旁看不过去，就从水稻田里钻出来对人说："用绳子串住牛的鼻子，然后用鞭子使劲地抽打，再不服就杀了它剥了皮吃肉！"牛很生气，朝着螃蟹就是一脚，把螃蟹给踩扁了，两个眼珠子被踩得迸了出来。一直到现在，螃蟹的眼珠都是眦(zì)出来的，背上还留着牛脚板印。

再说泰山道上的那块大石头，那是南极真君变的。他被牛大仙狠狠踢了一脚后，到今天额头上还留着个大包。

兔子的眼睛是怎么变红的

我们都知道兔子长着一双红眼睛，但传说在很早很早以前，兔子的眼睛其实是蓝色的，之所以变红是因为这样一个故事。

有一天，一只老兔子跑进一片瓜地偷西瓜。它挑了一个又圆又大的西瓜啃了起来。正吃得起劲呢，瓜地的主人来了。主人看见兔子在偷吃他家的瓜，就轻轻地举起铁锹准备朝兔子打去。谁知老兔子机灵得很，身子一躲，就闪过了主人这一锹。兔子撒腿就逃，主人想追也追不上。

主人很不高兴，撇下铁锹，想看看兔子糟蹋了多少瓜。他跑到兔子吃瓜的地方一看，脸色大变，原来兔子挑中的瓜正是他留下来准备做种子的。主人气得咬着牙说：“这个该死的兔子，看我怎么治你！”

主人气冲冲地回到家，准备用面捏个人偶去吓

兔子。主人和了面，捏了一个跟真人大小差不多的面人，第二天一大早就把它栽进了瓜地。

中午，老兔子又来了。它刚跳进瓜田，就吓得直往回蹿。原来它看到了瓜田里站着一个人。兔子躲在田埂上看了好半天，那个人怎么一动不动呢？兔子决定往前挪几步看看。兔子靠近了一些，那个人还是不动。兔子胆子还真不小，又走近一点，几乎来到这个人的脚下了，这个人还是傻呆呆的一动不动。兔子壮着胆子，故意在这个人面前绕来绕去，这个人竟然像什么也没看见一样。

兔子的胆子更大了。它走向前去说：“大伯，你怎么不动啊？”那个人像什么也没听见一样。兔子推了推那个人，那个人还是不理睬它。

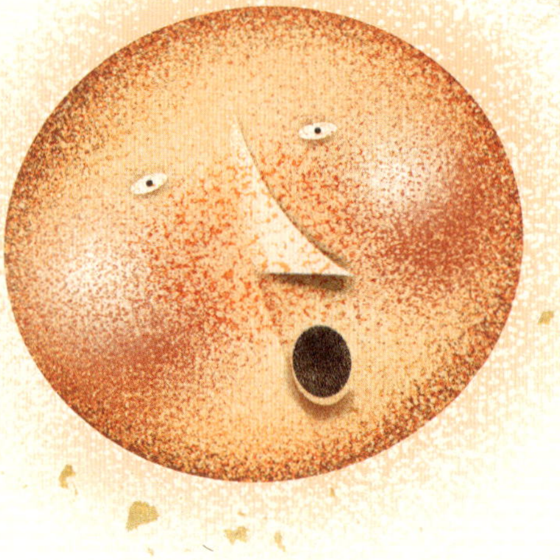

兔子更张狂了，它伸出爪子，一下子抓住了那个人的腿。可是，它的爪子突然间好像被黏住了，兔子以为那个人用手拉它，就用另外一只爪子去剥。这下惨了，兔子的两只爪子全都被黏住了。兔子用整个身体去撞那个人，这下更糟了，全身都被黏住了。兔子使劲儿地挣呀挣呀，没想到这个软软的人还真的挺有力气，兔子怎么也挣不开，眼睛都挣出血了。

兔子非常害怕，又哭又喊，眼睛都哭红了。

过了好一阵子，瓜地的主人来了，看见兔子被他做的面人给黏住了，很高兴地去抓兔子。兔子苦苦地向瓜田的主人哀求："大伯，放了我吧，我再也不偷吃你家的瓜了。"主人看到兔子的眼睛都哭红了，有点可怜它，便把它从面人身上拉了下来。主人还没来得及帮助兔子擦擦眼睛里的血，兔子就溜走了。

从此以后，兔子的眼睛就变成了红色。

兔子为什么成了三瓣嘴

从前有座大山，山里有只大老虎。老虎个头大，胃口也大，动物们没有不害怕它的。

有一只胆子大的小兔子特别有点子，竟然想制服这只大老虎。小兔子常常在树林里转悠。有一回，老虎也到树林里闲逛。小兔子远远地看见了，就躲在了一块大石头后面等着它。老虎来到大石头前，趴在地上准备休息一会儿。小兔子就装着好像从树林里冒冒失失冲出来的样子，来到了老虎的面前。

老虎一看，一只小兔子自投罗网，非常高兴。可还没等老虎去抓这个小兔子，小兔子便开口对它说话了："大王，请你不要吃我。你看我这小小的身体，连你的牙缝都填不满，你就饶我一命吧！我带你到那边山头去，那里有不少猎物等着你呢！"老虎一听，有点儿动心。

小兔子又说："我们一起走的时候，我说什么做什么，你一定要配合我。如果成功了，保管大王你想要多少美食就有多少美食。你的本事比狮子还要大，那些猎物就该属于大王你！"老虎一听，云里雾里地连连点头，就要跟小兔子走一趟。

小兔子领着老虎，自己在前边走，一路上遇到了各种野兽。不管遇上谁，小兔子总要大声吆喝："嗨，你们走开！看，老虎都老老实实跟在我后面，你们还不让开！"满山的野兽看见小兔子后面跟着一只大老虎，都吓得逃跑了。

小兔子领着老虎漫山遍野地逛了整整一天，都感到很累。最后，小兔子领着老虎走到了悬崖上，老虎往地上一倒就睡着了。小兔子一看时机来了，就找来火种在老虎的身后点起了一堆火。火越烧越旺，眼看就要烧到老虎尾巴了。老虎睡得正香，觉得自己的尾巴被烤得滚烫，就问小兔子："兔子兔子，我的尾巴怎么这么热？"小兔子装着没睡醒的样子，迷迷糊糊地说："你往旁边挪一挪就好了。"老虎往旁边挪了挪，谁知离火更近了，大火烧到了它的脊背。老虎喊："兔子兔子，这是怎么回事？我的背怎么也烤得慌啊？"小兔子说："大王，你挪得太小了，挪得远远的就好了。"老虎还没有完全醒过来，就眯着眼睛用力一翻身，结果就从悬崖顶上掉了下去，一命呜呼了。小兔子成功了，高兴得三蹦两跳地走下山去。

走着走着，小兔子遇到了一个猎人，猎人身上背着九张狐狸皮，还拿着一杆枪。小兔子害怕猎人抓住它，赶紧走上前对猎人说："猎人，告诉你一件好事，前面

悬崖下有一只摔死的老虎，你赶
快去把它背走吧！”猎人一听，忘了小兔子，
连他的狐狸皮和猎枪也不要，忙着找老虎去了。

小兔子逃过了一劫，又往前走，遇见了一个放猪的人正赶着猪回家。小兔子害怕放猪的人拿棒子打它，就对他说：“猪倌(guān)儿，告诉你一件好事，前面坡子上有九张狐狸皮和一杆枪，你赶快去拿吧！”猪倌儿一听很高兴，扔下猪群就跑了。

小兔子又往前走，忽然从狼洞里钻出来一只狼。小兔子一看，连忙对狼说：“好心肠的狼，请你不要吃我吧！我告诉你一件好事，前面有一群肥猪，正没人看呢！”母狼一听，非常高兴，不顾洞里的小狼，就跑去抓猪了。

小兔子又往前走，来到一片树林，一只鹰从窝里伸出头来盯着它瞧。完了完了，鹰要来啄我的眼珠了。小兔子想着就走上前去，大声说：“老鹰老鹰，请你不要啄我的眼珠。我告诉你一件好事，前面有一个狼洞，洞里边有一群小狼，正好母狼不在家，你可以饱餐一顿了。”老鹰一听，就向狼洞飞去。

小兔子脱了身继续往前跑。它跑到了一个屯子边，看见一个小伙子正在院子里晾晒渔网。它害怕小伙子用网捕它，就对小伙子说：“小伙子小伙子，告诉你一件好事，山下林子里，一棵大树上有个鹰窝，现在鹰正巧不在窝里，你去把它的窝拆了拿回家烧火吧！”小伙子听了连忙扔下渔网，乐颠乐颠地跑去拆鹰窝。

这时刮来一阵风。小兔子对风说：“风啊，你发发善心吧，刮得再大些吧！求你把这些渔网刮跑，那就救了我的命了。”大风“呜”地一吹，就把渔网吹得远远的。

话说那个猎人扛着老虎发现自己丢了狐狸皮和枪，就赶忙回来找，却看见猪倌儿正要拿自己的东西，连忙去追猪倌儿。猪倌儿回头看见母狼正在咬自己的猪，就急忙去撵母狼。母狼转过头，看到鹰正要啄自己孩子的眼珠，赶紧去撵鹰。鹰飞回去看到小伙子正在树上准备拆自己的窝，扑扇着翅膀去赶小伙子。小伙子跑回家，发现渔网不见了，拔腿去追渔网。没人有空来逮小兔子了。

小兔子九死一生，心里越想越高兴。乐呀乐呀，一路走一路跳，它乐得停不下来，结果没站稳扑倒在地上，小嘴儿磕到了一块尖尖的石头上，把它的嘴唇磕成了三瓣。

从此以后，所有的兔子一生下来，就是三瓣嘴。

十二生肖鼠第一

俗话说“老鼠过街，人人喊打”，看来，老鼠的形象不那么光彩。奇怪的是，老鼠却居于十二生肖之首，这是一个值得鼠类炫耀的事。老鼠何以居此显要地位，有个故事可以解释。

古人用天干地支来作为年、月、日、时的序号，什么甲乙丙丁子丑寅卯，就像现在的人用阿拉伯数字一样。传说玉皇大帝觉得凡间用天干地支纪年虽然不错，但是这样的纪年法不容易记住，若是用十二种动物来代表年份，岂不通俗又方便？于是玉帝决定召开一次甄（zhēn）选生肖大会，颁下圣旨通知各类动物都来参加。

那时候猫和老鼠是好朋友，吃住在一块儿，像兄弟一般。接到圣旨，它们都很高兴，说好要一起去参加大会。因为猫贪睡，常常一睡就到日上三竿，所以大会前夜猫同老鼠商量：“鼠弟，明天大会，我怕睡过头，拜托你早上叫我好不好？”老鼠说：“猫哥，没问题！你放心睡好啦，到时我一定叫你！”猫听了，道声谢谢，放下心来就呼呼大睡了。第二日，天还黑黑的，老鼠就起床，蹑手蹑脚地梳洗一番，独个儿走了，压根儿没有叫醒熟睡的猫。

天大亮时，各种动物陆续都来到大会场，盛况空前。玉皇

大帝详看斟酌(zhēn zhuó),选出鼠、牛、虎、兔、龙、蛇、马、羊、猴、鸡、狗、猪十二种动物代表年份,同时也作为人的生肖。挑出十二种动物后，接下来就是排次序的问题。这时动物们起了骚动和争执，个个都想领头。玉皇大帝似乎也有点儿头疼，不知怎么排才算公平。看大家吵吵嚷嚷，只有敦厚老实的牛静坐一旁，安然悠闲，一点也不激动，玉皇大帝当下便有了主意，说:“别吵了，顺序由我来决定。你们之中的牛个头大，性情稳重，让牛做第一肖。”玉皇大帝的话，谁敢不从，就连一向凶猛、自尊为百兽之王的老虎，虽然怏怏不乐，但也没有提出异议。不料小老鼠跳了出来，吱吱两声说:“应该是我排第一才对，我最大！”大家好生奇怪，十二种动物中明明就是它最小，怎么自称最大呢？老鼠言之凿凿:“每次我一出现，看见的人

总会叫：‘呀，好大的老鼠！’从来也没有听人说过好大的牛，可见我在人们心目中比牛大。”老鼠这一番话，大家都不信服，玉皇大帝也感到怀疑，怎么人们会认为鼠比牛大呢？老鼠提议：“你们若是不信，可以到人多的地方试试，如果人们都说我大，就让我做第一肖，怎么样？可不能反悔呀！”动物们满腹狐疑，玉皇大帝也同意试一试，于是相伴到人间的市集去。当牛走入市集时，人人都视若无睹，继续他们的买卖。这时狡猾的老鼠突然爬到牛背上，赶集的人们一见牛背上的老鼠，果然惊呼起来：“啊呀！好大的老鼠！”玉皇大帝亲耳听到人人都这样说，无可奈何，只好让老鼠做第一肖，牛屈居第二了。

老鼠当上第一肖，意气风发，得意洋洋地回到家。这时猫刚睡醒，睁开惺忪的眼睛，伸了个懒腰说：“鼠弟，咱们快准备去开会吧！”老鼠嘴一撇：“你在做梦吧！大会早结束了，我还拿到了第一名。”

猫吃了一惊，睡意全消，睁圆大眼问：“真的？那你为何没叫我？不是说好一道去的吗？”老鼠轻描淡写地答道：“哦，我忘了。”猫气得胡子根根翘起，大声嚷骂：“臭老鼠！你不讲信用，答应要叫醒我的，我才放心睡，却害我误了大事，你卑鄙无耻！”老鼠不但不认错，还一副满不在乎的样子说道：“我又不欠你，凭什么要我叫你？我是故意不叫的，又怎样？”这下猫气坏了，大喊道：“平日你胆小，我是怎么保护你的？今日你竟然一点不讲情义，太可恨了！”从此，猫和老鼠结下了世代冤仇，猫见了老鼠就难掩心头恨，拼命抓捕，想要置之于死地。

后娘变乌龟

从前，有一个生意人，他的老婆去世了，只剩下自己和女儿银金过日子。生意人常常出门做生意，没有时间照顾银金，就想托人再找一个妻子。

过了一阵子，真的有一个女人愿意跟他一起生活，照顾银金。不过，这个女人自己也有一个女儿。她带着自己的女儿来到生意人家里，四个人一起生活。这个生意人看到现在的妻子对银金很好，便放心地离了家。

没想到等生意人一走，后娘就变了个样子，她把好吃的和新衣服都留给自己的女儿，让银金吃剩菜馊饭，穿破烂衣服，还逼着她做很多的活，挑水，做饭，砍柴……小银金渐渐变得骨瘦如柴。

有一天，后娘对银金说："银金，我们要到外婆那里住一阵子，七天以后回来。我给你做好了米团子，放在锅里，想吃的话你自己去拿。"说完，后娘就带着自己的亲生闺女走了。银金到厨房掀开锅盖一看，原来是几个糠团子，数来数去，只有十四个，而且每个只有手指那么粗。这样算一下，她每天只能吃两个糠团子。银金没有办法，只好再挖野菜充饥。

这样过去了五天。第六天，银金刚要出门挖野菜，看到一位讨饭的老婆婆走了过来，停在了她家门口。这个老婆婆有

六七十岁了，跟她一样面黄肌瘦，骨瘦如柴。老婆婆脸上的皱纹很多，多得都看不出她本来的样子。老婆婆穿得十分破烂，拄着拐棍颤颤巍巍地说：“小妹妹，我饿坏了，给我点吃的吧。”银金无可奈何地回答：“老婆婆，你讨饭讨到瓦窑里来了，我自己都快饿死了。”老婆婆苦苦地哀求：“你屋子里有什么剩菜剩汤，给我一口两口也好啊！”

银金看了很不忍心，回屋把剩下来的四个糠团子全部送给了老婆婆。糠团子的味道真不好，又粗又硬，放了几天，嚼起来都费劲。不过肚饥不论好羹汤，瞌睡不论好眠床，老婆婆饿得前胸贴后背，捧起几个糠团子就囫囵(hú lún)吞下了肚。老婆婆舒了一口气，对银金说：“你对我这么好，我应该送点东西给你。”老婆婆看了看，自己实在没有什么拿得出手的东西，便把身上的旧背心脱了，递给银金说：“我看你过的日子也很苦啊。这件背心送给你穿，穿暖和了，别冻着。”银金看到老婆婆已经很可怜了，说什么也不肯要。老婆婆却硬是把背心往她手里一塞，就走了。银金跑到门外想去追老婆婆，老婆婆已经不见了。

这件背心很旧，又灰又暗。银金把背心套在自己的身上，真暖和！银金穿着这件旧背心，出门挖野菜去了。

说来也怪，平时刚爬上山坡，银金就已经饿得眼冒金星，但今天无论怎么爬，头不晕，眼不花，肚子也不饿。银金找了一块草地坐了下来，因为丝毫没有饥饿的感觉，她决定先不挖野菜了。她看看花儿，抓抓蝴蝶，很难得地过了一天舒心的日子。

小银金玩得很开心，天色渐渐晚了，不知不觉起了寒风。她赶紧往家跑，风呼呼地刮着，小银金却觉得暖融融的，是不是那件背心的神奇作用呢？

这天晚上，银金把背心盖在身上，睡得特别香。

到了第七天，后娘回来了。她发现，银金非但没有饿坏，脸色还非常好。后娘觉得非常奇怪，到底是什么让银金这几天过得这么舒心呢？看来看去，家里也没有什么变化。糠团子吃完了，锅灶空空的。再看看银金身上，多了件旧背心。后娘问：“这件背心从什么地方来的？”银金是个老实孩子，一五一十地把事情的经过说了。后娘听了，硬是叫银金脱下背心来给她穿。银金没有办法，只好给她。后娘看这件背心不大，怕自己穿不上，便把棉袄脱了，好不容易挤了进去。

她刚穿上，就觉得非常的暖和，渐渐的，越来越热，热得要命，简直像火烧一样，后娘吓坏了，想把背心脱下来，可是怎么脱也脱不下来，背心就像长在她身上似的。不到一个时辰，这件背心就把后娘完完全全给困住了，她动也动不了。渐渐的，她的头慢慢缩到了背心里，两手两脚成了四只脚板。而背心越来越硬，变成了一个壳。最后，她变成了现在的乌龟的样子。

这件背心是用十三块六角形布拼成的，所以，直到现在，人们还是说乌龟壳是由十三块六角形拼成的。

聪明的鹿

鹿胆子小，不过挺机灵，充满智慧。老虎个大，很有力量，是林中之王。鹿碰上了虎，会发生怎样的故事呢？

有一天，一头出生不久的老虎走出山来，想自己觅食，顺便看看外面的世界。可是，这个世界对它来说十分陌生，那些花花草草的名字它都不知道。各种各样的小动物是否美味，老虎能判断。但它们都有什么本事，老虎可一点儿都不知道，因为老虎从来没跟小动物们打过交道。这只老虎漫无目的地走啊走，走了很久，肚子越来越饿，它还是不知道怎么来填饱肚子。

这时，对面走来了一只鹿。这只鹿个儿不大，又瘦又细巧。老虎心想：看它弱不禁风的样子，把它捉来做食物应该很容易。老虎从来没有见过鹿，不知道鹿有什么本事，但它毕竟不傻，就决定先试探一下。远远的，老虎大声地对鹿喊："喂，朋友，你头上的那两个像树杈一样的东西是什么呀？"这是一只经验丰富的鹿，从一出生就知道，老虎是最凶恶的敌人，而它的问话，准是不怀好意的。鹿充满了警惕，想了想回答说："朋友，你难道连我头上的虎叉都不知道吗？"老虎从它的回答中听到了"虎"字，非常好奇，问："虎叉是做什么用的呀？"鹿壮了壮胆，哈哈大笑，"虎叉？当然是吃老虎用的呀！老虎被我捉住，我要吃它身上哪一块肉，就用虎叉叉哪一块肉，剩下的呢，我就挂在虎叉上，留着下顿再吃。”

这只出生不久的老虎，听了这样的话吃了一惊，寻思着：是赶快逃跑呢，还是继续试探？老虎不死心，看见鹿身上的斑斑点点，就试探地问：“那你这满身的斑点是做什么用的呢？”鹿觉得老虎快要上当了，接着说：“这就是我吃老虎的记号。我每吃一只老虎，就做一个记号。我正和朋友们竞赛呢，看谁捉的老虎多。”老虎一听，更加害怕了。它远远地瞅了瞅，鹿身上的斑点还真不少，看来，这只鹿吃了不少老虎。突然，鹿装出一副可怕的样子，大声地叫起来，老虎一看情形不对，拔腿就跑。老虎跑呀跑呀，一口气跑了很远，跑进了另一座山头，躲在一片树林中，才敢歇口气。

树林里，正好有一只猴子在树上吃果子。“虎大哥，什么事情把你吓成这样？”猴子问道。老虎半天才定下神来，喘着气，又惊又慌地把自己刚才遇到的事详详细细地告诉了猴子。猴子一听，马上就知道那头上长“虎叉”，身上画斑点，在老虎嘴巴里非常可怕的动物是谁

了。猴子大笑着对它说:“你上当啦！那是一只无用又胆小的鹿，只不过跑得快点罢了，有什么可怕的。走，我和你一起去把它捉来当午餐！”

这只猴子的胆子也真够大的，仗着自己机灵，竟想与老虎为伴。老虎听了它的话不敢相信。“不！我不跟你去。那真的是一个很可怕的家伙，说不定你看到它也会吓得逃走的。”猴子说:“哈！你要是不放心，这样吧，用绳子捆住我，我们一起走，我去帮你制服它。”于是，猴子找来了一根绳子，把自己和老虎拴在了一块。它们俩一起去找鹿。

鹿正在山上的一片树林里吃树叶，听到了动静，它定睛一瞧，看到老虎和一只猴子一起走来了。鹿知道它们一定不怀好意，尤其是这只猴子，常常搞恶作剧捉弄大家。聪明的鹿灵机一动，高声喊起来：“猴子呀，你是来给我送老虎的吗？太感谢你了，我正找它呢！”

老虎听了鹿的话以为上了猴子的当，胆都吓破了，扭头就拼命地跑，猴子还没来得及解释，就被这一路狂奔的老虎给拖得浑身是伤，以后再也不敢干欺负小动物的坏事了。

蛤蟆和小花兔赛跑

有一天，小花兔正在山涧边喝溪水，耳边传来蛤蟆"呱呱"的歌声，蛤蟆的嗓门大，气力足，震得兔子耳朵疼。蛤蟆一蹦一蹦地出了山涧，蹦到了兔子身边还在唱。兔子心里有点不高兴。幸好蛤蟆没打算久留，蹦着唱着往前面去了。兔子看着蛤蟆的背影，看它赖着屁股蹦得吃力的样儿，忍不住笑话他："蛤蟆，你就是嗓门大，瞧你，蹦了几蹦，还在原地呐！"这话说得夸张，蛤蟆明明在前进，只不过慢些罢了。

蛤蟆听了非常生气，一转脸，眼睛鼓得老大，肚子一起一伏的，喊了一嗓子："你跑得再快也比不上我！"

花兔子被它这么一说，愣住了，"为什么？"

"因为我聪明，所以我跑得比你快。"蛤蟆瞪着大眼睛卖关子。

兔子莫名其妙，"你唬人呢！聪明和跑得快有什么关系？我才不信！"

"不信？那你敢跟我比一比吗？"

兔子"刷"一下跳到蛤蟆跟前，那速度像闪电一样。蛤蟆没有表情地盯了兔子一眼。兔子更恼火了，刚才的一跃那么潇洒漂亮，蛤蟆居然没反应！兔子恶狠狠地回应道："比！

就！比！”

蛤蟆见兔子气急败坏的样儿，慢条斯理地说：“好。明天早晨我在这里等你。”

小花兔看到蛤蟆一本正经的，想到它明天惨败的可怜样，忍不住大笑起来，它摸着胡须神气地说：“好！明天就明天。你再聪明，也没有我跑得快！真是一只笨蛤蟆。”

小花兔回到了家，躺在床上越想越觉得好笑，心想：一只自以为聪明的蛤蟆，笨得连聪明和跑得快是两回事儿都搞不清楚，还想赢过我！真可笑！

蛤蟆回到自己住的地方，就已经想出了一个绝妙的主意，等着第二天的到来。

第二天，小花兔早早地就来到了山涧边，东张西望了好一会儿也没看到蛤蟆。“难道蛤蟆不敢来赛跑了？真是个胆小鬼。”

它正想着呢，就听到了蛤蟆“呱呱”的声音，“我正在这里等你呢。”原来蛤蟆早已蹲在溪水中一块大青石上等候了。

“怎么个比法？”兔子问。

“我们一起顺着山涧跑，你在岸上，我在涧里。”

“那我怎么知道你跑到哪儿了？”

“你跑一阵，喊一声，我就应你。”

小花兔心想：我跑得这么快，蛤蟆跑得这么慢，等我跑远了的时候喊它，它怎么听得见呢？兔子问：“那你要是不应呢？”

“那就是你赢了啊！”

“蛤蟆，开始跑了！”兔子还没等自己的口令结束就已经撒开腿往远处蹿去。

蛤蟆慢悠悠地回应了一句：“好，开始。”

看着兔子一阵儿风似的跑了出去，蛤蟆躺在了大青石上闭目养起神来。

小花兔顺着山涧跃过石头，钻出草丛。跑了一段，自认为已经将蛤蟆甩得远远的了。它得意地喊了一声：“蛤蟆！”

“呱呱！”从山涧里传来蛤蟆清清楚楚的回应声。

小花兔一惊：蛤蟆竟然追上来了，我得再快些！小花兔拼命跑，简直要飞起来了。又跑了一阵儿，小花兔气喘吁吁，停下了脚步，试着喊了声：“蛤蟆！”

“呱呱！”没想到蛤蟆的声音又在山涧里响起。

小花兔想起昨天和蛤蟆的对话，想到自己怕是赢不了这场比赛了，又急又羞又气又恨，又跑了一阵就再也跑不动了，累趴在路上。它小心翼翼地喊：“蛤蟆——”

“呱呱！”蛤蟆的声音还是那么精神。

兔子输了。

你一定觉得很奇怪，蛤蟆明明躺在大青石上一动也没有动，怎么会一路跟着小花兔回应它呢？

原来，蛤蟆早就跟涧沟里的伙伴们商量好了，小白兔一路跑一路喊，所有的蛤蟆就蹲在涧沟里不同的地方等着回应它。

的确，要论赛跑，蛤蟆可不是小花兔的对手，不过论聪明呢，小花兔就比不过蛤蟆了。

看来，蛤蟆说的没错，“因为我聪明，所以我跑得比你快”。

老乌龟智斗狐狸

从前，有一只坏心眼儿的狐狸，它总想着去欺负一只年纪大的乌龟。不过老乌龟的甲壳很坚硬，狐狸总也伤不了它。乌龟不屑的态度更加激怒了狐狸，它越想越恼火，发誓非把乌龟整怕不可。

这天，老乌龟正往山坡上爬，被出来觅食的老鹰见着了。老鹰和狐狸是一个鼻孔出气的。它立刻从空中扑下来，打算冷不丁地啄老乌龟的脑袋。它硕大的翅膀掀起的风声，传进了老乌龟的耳朵。在老鹰飞下的那一刹那，乌龟已经将头缩回了硬硬的壳。老鹰却因为一个猛冲，差点折了自己的脖子，这可把老鹰气坏了。它立刻招呼来它的狐朋狗友：狐狸、穿山甲和鬣（liè）狗。这几个家伙都有自己的独门绝技，它们联手，老乌龟这次大概是凶多吉少了。

它们四个围着老乌龟，狐狸更是认定老乌龟这次必死无疑！

老乌龟见多识广，虽然

它不知道这时候站在身边的几个家伙打算如何动手，但它的脑子已经转开了。如何逃脱？只有智取。先以不变应万变。

狐狸见老乌龟一声不吭，头和腿都在壳里，看起来就像一块大石头，便嘲笑

道:“胆小鬼!以为躲进壳里我就奈何不了你吗?穿山甲,上!把你钻山挖洞的本事拿出来,让这老家伙的壳破个洞!”

要说钻山挖洞,穿山甲的本事的确谁也比不过。老乌龟料到狐狸的这一招,已经想好了对策,说道:“好,好。穿山甲来得巧!想当年,在我二十岁的时候,铁甲派的师父就教过我铁甲功,专门对付穿山甲。我正想试试是我的壳硬,还是穿山甲的身子硬,当心别扭断你的尾巴。来吧!”

穿山甲听了,心里有点打鼓,万一,一试赔上一条命,那可不值。

狐狸看着穿山甲犹犹豫豫的样子,又急又气,跳着喊:“鬣狗,你上!用你的金刚牙把它的壳咬碎,我们烤乌龟肉吃!”

老乌龟笑着回答:“我有铁甲护身,谁都伤不了我。”

鬣狗的脾气暴躁,跃跃欲试地打算扑上去。

老乌龟有点担心,可越是这个时候,越要表现出镇定自若的样子。它笑道:“想当年,我的师父撞得鬣狗满地找牙。我看你的金刚牙是徒有虚名吧!不用你来,我这就去!”老乌龟伸出爪子作势往前,鬣狗吓得连连后退,一翻身,滚下了山坡。

狐狸非常恼火:“哼!今天我们弟兄几个一定有办法对付你这个老家伙。”谁都抵不过你的铁甲壳,难道这壳真是不败的法宝?狐狸转着圈想点子。

“用火烧!把你烤熟,连着壳一起嚼下肚,我们几个美餐一顿!”狐狸说。穿山甲立刻附和道:“就这么办,就这么办!狐狸大哥真有办法!”

老乌龟哪里禁得住火烤呢，不管怎么说，要保住自己，只能继续骗它们，让它们信以为真。“火？跟你们几个说实话吧，我这次上山就是要弄点木柴回去，点火取暖的。我不怕热，就怕冷。现在都冷得发抖了，正需要火呢！”

狐狸气急败坏：“你不怕火，难不成也不怕水？我把你扔进大河！”此言一出，老乌龟暗自窃喜。

突然，在空中盘旋着的老鹰喊道：“别跟它啰嗦了，我现在就抓住它，把它狠狠摔下山崖，看它的壳有多硬！”狐狸连声叫好。真没想到，在这节骨眼上，老鹰想出这么个招。

老乌龟的心又悬了起来：那可不得了。如果真是这样，我就要粉身碎骨了。除非——除非掉进水里。有了！老乌龟立刻装作害怕的样子：“你们要将我摔下山崖？千万别让我掉进大河里。我的铁甲壳不怕硬的东西，但不能进水啊。那样我会憋闷死的！狐狸、狐狸，你抓住我致命的弱点了。我求饶，你发发善心吧！”从甲壳里发出的瓮声瓮气的哀求声简直让狐狸欣喜若狂。它大笑道：“哈哈——原来你也有哀求的时候！哼——可恶的老家伙！”

老鹰的利爪一下抓起乌龟，急吼吼地往上飞。飞啊飞啊，他飞到了大河的上空，使劲一扔，“噗通”一声，老乌龟掉进了大河。

老乌龟在水里探出头来，看着老鹰朝远处飞去，心里暗想：自作聪明的狐狸，真可笑！

狐狸吃了虎和牛

很久很久以前，一只勇猛的老虎在西山头为王，一头强壮的黄牛在东山头称霸。它们各自为王，互不来往，过自己的日子。

有一天，一只狐狸从山下走过，它的肚子饿得咕咕叫，正想着到哪儿去找点吃的呢。抬头看看，西山头飘着虎王旗，东山头飘着牛王旗，狐狸心里想：我要是能吃到牛王，够吃半个月了；我要是能吃到虎王，一个月也不会空肚子了。“怎么能吃到它们呢？”狐狸一边琢磨一边自言自语。“有了！”狐狸灵光一现，点子来了！

狐狸爬上西山头，见了虎王。虎王威风凛凛地蹲坐着，一双眼睛亮得像闪电。狐狸伏在虎王脚下高呼：“虎大王万岁！”一副虔诚的模样。虎王见狐狸生得机灵，对它倒也不讨厌，便问道：“来者何事？”狐狸靠近虎王，亲昵地对虎王说：“虎王啊！我特意来向你报告一个消息：刚才我从东山下经过，听到牛王巡山的手下说，牛王骂你无能，要把你撵出西山，说西山也该属于它。威武的虎王啊！信不信由你，我是一片好意。牛王已经下山来了，虎王您要快做准备啊！”

俗话说“好鱼儿也有刺”，虎王却不想想蜜糖里是否有毒药，就一口吞下了狐狸的话。“好大的胆子！”虎王怒吼一声，吓得狐狸躲到了树洞里。虎王瞪眼大喊道：“狐狸呢？快出来，待本大王收拾了黄牛，再回来重重赏你！”没等狐狸回应，虎王就一阵旋风似的下山准备抵御牛王的侵犯。

狐狸偷偷钻出树洞，松了一口气，继续它阴谋的下一步。它蹿到东山，见了牛王。牛王立在树下，像一块巨大的石头一样稳稳当当。狐狸看见牛王头上尖尖的角，哆嗦了一下，然后壮起胆子走近牛王。狐狸装出一副关心的模样，说：“牛王啊！我特意来向你报告一个消息。刚才我从西山下经过，听到虎王巡山的手下说，虎王骂你无能，要把你撵出东山，说东山也属于它。英明的牛王啊！信不信由你，我是一片好意。虎王已经下山来了，牛王您要快做准备啊！”

俗话说“好木头也有被虫子蛀空的时候”，牛王也不想想白米饭里是否有石子儿，就一口吞下了狐狸的话。“无法无天的老虎，我倒要看看它的本事！”听了狐狸的话，牛王怒气冲天，左冲右撞，树叶儿纷纷落下，咔嚓咔嚓，连树枝都掉了一地。狐狸吓得抱着头直往山下逃。牛王一路咆哮着冲下山去。

狐狸跑到山坡底下的树丛里躲着，正惊魂未定时，就见虎王牛王在东山脚下相遇了。只听虎王大吼：“啊！你真

要来打我？你来送死！”牛王还没听清，就跟着大叫：“啊！你真要来找我送死？”它们像射出的箭，丝毫没有犹豫地扭打在一起。虎王的武器是锋利的牙齿，牛王的武器是尖锐的犄角。虎王腾空扑向牛王，一口咬住它的脖子，牛王一甩脑袋，挣脱了虎王，犄角像锋利的刀一样刺向虎王。两王争斗，两败俱伤。

狐狸小心地从树后爬出来，这儿嗅嗅，那儿闻闻，

发现威风凛凛的

虎王和坚如磐（pán）石的牛王，现在像两堆烂泥瘫在地上，任由它摆布了。

有个成语叫“偏听偏信”，意思是片面地听一方的话就信以为真，说的正是虎王和牛王啊。

虎甥和猫舅

你听过一个成语叫“照猫画虎”吗？意思是照着样子模仿。既然照着猫可以画老虎的样子，看来猫和虎长得挺像。在很久很久以前，猫和虎还真是一家呢！

猫是舅舅，老虎是外甥，猫的个头小，辈分却不小。老虎的身形虽大，但在猫舅面前怎么说也得恭恭敬敬，像个晚辈的样儿。

老虎外甥天生厉牙利爪，一根尾巴的力量就敌得过一群猫，但它天性莽撞，有劲儿不会使，所以只能找点儿老弱病残的小动物塞塞牙缝，偶尔干点打家劫舍的勾当，凭自己五大三粗的样子唬唬人，名声不好，日子也过得潦倒。让猫不放心的是，老虎总是一副虎视眈眈的样子。“虎视眈眈”是什么意思呢？就是眼神凶狠又贪婪，所以猫舅对这个外甥是敬而远之。老虎倒是常常到猫舅家做客，说是探望长辈，其实，它是想偷学几招功夫。

猫的本事大，有几个绝招：扑、抓、咬……为了保护好自己，猫的功夫越练越绝，走起路来寂静无声，一个猛扑，谁也别想逃过它的爪子，连飞鸟都能逮到。这些功夫让老虎外甥羡慕不已，它想，要是它能学得这些功夫，那鲜美的野味吃不

尽啊，说不定还能当大王！无奈，猫不收徒弟，更不想收老虎为徒。古语有“教会徒弟，打死师父”，猫可不想这样的悲剧发生在自己身上。

几次上门，猫已经觉察出老虎的用意，心里很是为难。

这一天，老虎又来了。一进门，就扑通一下跪在猫舅面前。猫舅吓了一跳，老虎言辞恳切地说：“请猫舅受外甥一拜。猫舅若收外甥为徒，您的大恩大德，一辈子不忘。等我学了功夫，以后觅食的活儿都由我来干。外甥一定好好孝敬舅舅，把您当作我的父亲一样看待！”

老虎一口气说得猫舅插不上话。猫舅心一软，毕竟是一家人，再说，教了老虎，认个儿子，将来自己老了，也有个照应。猫就应允了。

看见猫点头，院里树上的乌鸦“哇哇”叫个不停。老虎知道，这是在揭它的短呢。老虎一扭头，恶狠狠地盯着乌鸦，乌鸦吓得一拍翅膀飞走了。这一幕被猫看在眼里，它暗暗地有了

个主意。

第二天，老虎就开始学艺了。猫认认真真传授功夫给它。不多久，老虎就学会了“扑”和“咬”，动作利落，毫不留情。又过了一阵子，老虎还学会了“掀”和“剪”，能将一块大石头翻个身，力大无穷。

有一回，老虎跟猫舅对练，突然间，老虎两腿迅疾夹住了猫，猫动弹不得，无法挣脱，猫差点以为这次要命丧黄泉了。它拼足气力，一跃而起，后爪抓住虎的肚皮，狠狠一划，老虎大吼一声，松开了腿。老虎一看自己的肚子上有几道血印，火气呼呼往上冒。猫被勒得直

喘气，惊魂不定。猫想，这家伙的凶残本性渐渐暴露，我不能再留它了。不等猫下逐客令，老虎已气急败坏地扑了上来，用它跟猫学的本事想置猫于死地。幸亏猫身轻灵巧，噌噌几下蹿上了院里的一棵大树。老虎大吃一惊，猫有爬树的本事它怎么不知道呢？老虎抱着树干，怎么也上不去，树皮蹭得它受伤的肚子隐隐作痛。它怒吼着，用大爪子拍打树干，树干摇摇晃晃，猫紧紧抓着树杈。

老虎大骂道："你这个两面三刀的家伙，原来还留了一手。你不守信用，答应做我的师父，却不将所有的本事传给我！"

幸亏猫留了一手，否则猫的下场可太悲惨了。

老虎见猫怎么也不下来，只好悻悻地离开了。它已经学到了本事，够去森林里称王称霸，也就心满意足了。不过，猫的后代接受了教训，看见老虎总是躲得远远的。